এলির গোপন ডাইরি

Ellie's My Secret Diary

Henriette Barkow & Sarah Garson

Bengali translation by Sujata Banerjee

রবিবার সকাল ৭.৩০

প্রিয় ডাইরি

কাল রাতে একটা খারাপ স্বপ্ন দেখলাম। আমি দৌড়াচ্ছি ... আর শুধু দৌড়াচ্ছি। একটা বিরাট বাঘ আমায় তাড়া করেছে। আমি খুব জোরে ছুটছি কিন্তু কিছুতেই আর পালাতে পারছিনা। বাঘটা ক্রমশ কাছে এগিয়ে আসছে - এমন সময় ঘুমটা ভেঙ্গে গেল। আমি ফ্লো-কে হাতে জড়িয়ে ধরে রাখলাম। ও কাছে থাকলে আমার ভয় করেনা। সে সব জানে যে কি ব্যাপার চলছে। আমি তাকে সব বলি।

আজকাল শুধু সব খারাপ স্বপ্ন আসছে। এমন কখনো আগে হয়নি। আমার অনেক বন্ধু ছিল - যেমন স্যারা, জেনি। স্যারা আমায় সেদিন দোকানে যেতে বলে কিন্তু --- স্কুল আমার কাছে নরক হয়ে দাঁড়িয়েছে - যেদিন থেকে ঐ মেয়েটা এসেছে।
আমি তাকে দু-চোখে দেখতে পারিনা - ঘৃণা করি - ভীষন ঘৃনা করি তাকে!!!

Dear Diary

Had a bad dream last night.
I was running ... and running.
There was this huge
tiger chasing me.
I was running faster and faster but
I couldn't get away.
It was getting closer and then ...
I woke up.

I held Flo in my arms. She makes me feel safe
- she knows what's going on. I can tell her.

Keep having bad dreams.
Didn't used to be like that.
I used to have loads of friends – like Sara and Jenny.
Sara asked me to go to the shops but...

School's been HELL
since SHE came.

I hate hate
HATE her!!!!

Sunday evening 20.15

Dear Diary

Went to Grandad's.
Lucy came and we climbed the big tree.
We played pirates.
School 2morrow.
Don't think I can face it.
Go to school and
see HER!

SHE'll be waiting. I KNOW she will.

Even when she isn't there I'm scared
she'll come round a corner.
Or hide in the toilets like a bad smell.
Teachers never check what's going
on in there!

If __ONLY__ I didn't have to go.

Flo thinks I'll be ok.

রবিবার সন্ধ্যে - ৮.১৫

প্রিয় ডাইরি

নানার বাসায় গেলাম। লুসিও এসেছিল। আমরা দুজনে সেই বড় গাছটায় চড়লাম।
আমরা জলদস্যু খেলা খেললাম।

কাল আবার স্কুল। উফ্, আমার একদম যেতে ইচ্ছে করছে না। গেলেই তো সেই মেয়েটার সাথে আবার দেখা হবে।

সে দাঁড়িয়ে থাকবে। আমি ঠিক জানি যে সে দাঁড়াবে। এমন কি সে না থাকলেও আমার ভয় করে। মনে হয় ঐ বুঝি এলো পেছন থেকে। কিংবা টয়লেটে যেন লুকিয়ে আছে, পঁচা গন্ধের মত।
টিচাররা কখনোই এসে দেখেনা কি হয় সেখানে।
ইস্, যদি কাল স্কুলে না যেতে হয়!
তবে ফ্লো-র ধারনা যে আমি ঠিক পারব।

সোমবার সকাল ৭.০৫

আবার সেই স্বপ্ন দেখলাম । কিন্তু এবার সেই মেয়েটাই আমায় তাড়া করছে । আমি পালাবার চেষ্টা করছি কিন্তু সেই মেয়ে ক্রমশই এগিয়ে আসছে । আর সে তার হাতটা আমার কাঁধে রাখতেই --- আমার ঘুমটা ভেঙ্গে গেল ।

আমার শরীরটা খারাপ লাগছে, বমি পাচ্ছে কিন্তু তাও জোর করে ব্রেকফাস্ট খেলাম, যাতে আম্মা কিছু না বুঝতে পারেন যে কি হয়েছে । আম্মাকেও বলা যাবেনা কিচ্ছু - তাহলে আরও গন্ডোগোল বাঁধবে । কাউকেই বলতে পারছিনা ।
সকলে ভাববে যে আমি বেশী নরম ।
কিন্তু আমি তা না ।

শুধু ঐ একটা মেয়ে!
কি যে জ্বালাচ্ছে আমায়!

Monday morning 7.05

I had that dream again.
Only this time it was HER who was chasing
me. I was trying to run away but she kept
getting closer and her hand was just on my
shoulder ... then I woke up.

I feel sick but I made myself eat
breakfast, so mum won't
think anything's up.
Can't tell mum – it'll just
make it worse.
Can't tell anyone.
They'll think I'm soft
and I'm not.
It's just <u>that girl</u>
and what SHE does to me.

Monday evening 20.30

SHE was there. Waiting.
Just round the corner from school where nobody could
see her. SHE grabbed my arm and twisted it behind
my back. Said if I gave her money she wouldn't hit
me. I gave her what I had. I didn't want to be hit.

"I'll get you tomorrow!" SHE said and pushed me over
before she walked off.
It hurt like hell. She ripped my favourite trousers!

Told mum I fell over. She sewed them up.
I feel like telling Sara or Jenny but they
won't understand!!

Glad I've got you and
Flo to talk to.

সোমবার সন্ধ্যে ৮.৩০

প্রিয় ডি, সেই মেয়েটা ছিল। অপেক্ষা করছিল। স্কুলের এক পাশে, এমন একটা জায়গায় লুকিয়ে দাঁড়িয়েছিল যেখানে তাকে দেখা যায়না। সে আমার হাত চেপে ধরে, ঘুরিয়ে মুচকে দিল। বলে যে পয়সা দিলে আমায় সে মারবে না। আমি যা ছিল সব তাকে দিয়ে দিলাম। আমি বাবা মার খেতে চাইনা।

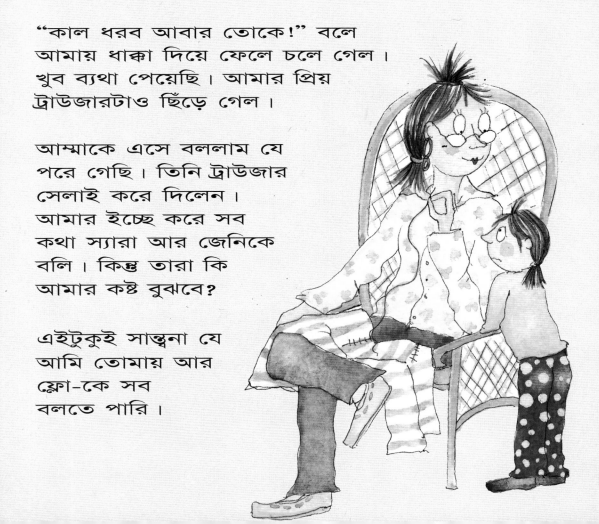

"কাল ধরব আবার তোকে!" বলে আমায় ধাক্কা দিয়ে ফেলে চলে গেল। খুব ব্যথা পেয়েছি। আমার প্রিয় ট্রাউজারটাও ছিঁড়ে গেল।

আম্মাকে এসে বললাম যে পরে গেছি। তিনি ট্রাউজার সেলাই করে দিলেন। আমার ইচ্ছে করে সব কথা স্যারা আর জেনিকে বলি। কিন্তু তারা কি আমার কষ্ট বুঝবে?

এইটুকুই সান্ত্বনা যে আমি তোমায় আর ফ্লো-কে সব বলতে পারি।

মঙ্গলবার সকাল ৭.৩০

কাল রাতে ঘুম হলনা । শুধু শুয়েই ছিলাম ।
ঘুমাতেও ভয় করছিল । সেই স্বপ্নটা আবার
আসবে ভেবে আরও ভয় করছিল ।

সেই মেয়েটা আমার জন্য দাঁড়িয়ে আছে ।
কেন সে আমায় অমন জ্বালায়, কেন?

আমি তো কিছুই করিনি তাকে ।

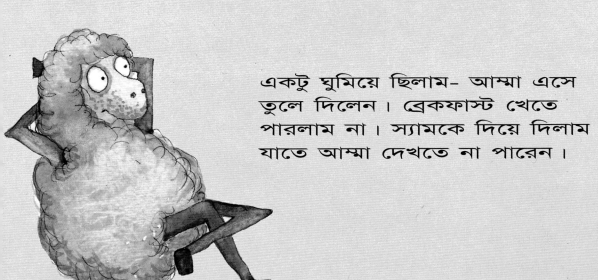

একটু ঘুমিয়ে ছিলাম- আম্মা এসে
তুলে দিলেন । ব্রেকফাস্ট খেতে
পারলাম না । স্যামকে দিয়ে দিলাম
যাতে আম্মা দেখতে না পারেন ।

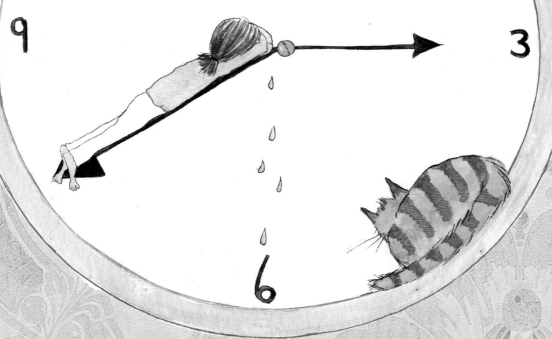

Tuesday morning
7.30

Couldn't sleep last night.
Just lay there. Too scared to go to sleep.
Too scared I'd have that dream again.
SHE'll be waiting for me. Why does she always
pick on ME? I haven't done anything to her.
Must have dropped off, cos next thing
mum was waking me.

Couldn't eat breakfast.
Gave it to Sam so mum wouldn't notice.

মঙ্গলবার সন্ধ্যে ৮টা

সেই মেয়ে আমার পিছন পিছন স্কুল থেকে বাইরে এলো-গুন্ডার মত হাবভাব। আমার চুল ধরে এক টান দিল। আমার চিৎকার করে কাঁদতে ইচ্ছে করছিল। কিন্তু তাই তো ঐ মেয়ে চায় - তাই চুপ করে থাকলাম।

"আমার জন্য পয়সা এনেছিস?" আমার গায়ে থুতু দিয়ে সে বলে। মাথা নাড়লাম। "দে, আমায় দে," সে দাঁত খিঁচিয়ে ধরে আমার পি-ই ব্যাগটা টানতে থাকল, "দে বলছি শিগ্‌গিরি, তা না হলে ছাড়ব না।"

আমার ইচ্ছে করছিল দিয়েই দিই ওকে! মনে হচ্ছিল ওর মোটা মুখে জোরে এক ঘুসি মারি! ইস্‌, কি যে করি? আমার থেকে সেই মেয়ে অনেক মোটাসোটা - বড়সড় তাই তাকে মারতেও পারিনা।

বাড়িতে আম্মা বা আব্বার কাছে পয়সাও চাওয়া যায় না। চাইলেই তারা কারন জানতে চাইবেন।

SHE followed me out of school – all big and ~~tuff~~ tough.
SHE pulled my hair. Wanted to scream but I didn't want
to give her the satisfaction.
"You got my money?" SHE spat at me.
Shook my head. "I'll have this," SHE snarled, snatching
my PE bag, "til you give it to me."
I'd love to give it to her! Feel like punching her fat face!
What can I do? I can't hit her cos she's bigger than me.

I can't ask mum
or dad for the money
cos they'll want to
know what it's for.

বুধবার সকাল ৫.৩০

ডাইরি, আমি একটা খারাপ কাজ করেছি। খুব
খারাপ কাজ!

আম্মা জানতে পারলে যে কি হবে জানি না। তবে
এটা ঠিক যে আমি খুবই মুশ্কিলে পরব।

কাল রাতে আম্মার পয়সার ব্যাগটা দেখি টেবিলে
রাখা। আমি একাই ছিলাম ঘরে তাই ব্যাগ থেকে
৫ পাউন্ড তুলে নিয়েছি।

যত তাড়াতাড়ি পারি আবার ফেরৎ রেখে দেব।
আমি আমার হাত ঘরচার পয়সা জমাব।
কিছু পয়সা রোজগারও করতে পারি।

আম্মা যেন বুঝতে না পারেন।
বুঝলে দারুন রাগ করবেন!

Wednesday morning 5.30

Diary, I've done something bad.

Really bad!

If mum finds out I don't know what she'll do.
But I'll be in big trouble - for sure.

Last night I saw mum's purse on the table.
I was on my own and so I took £5.

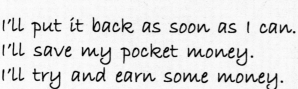

flo

I'll put it back as soon as I can.
I'll save my pocket money.
I'll try and earn some money.

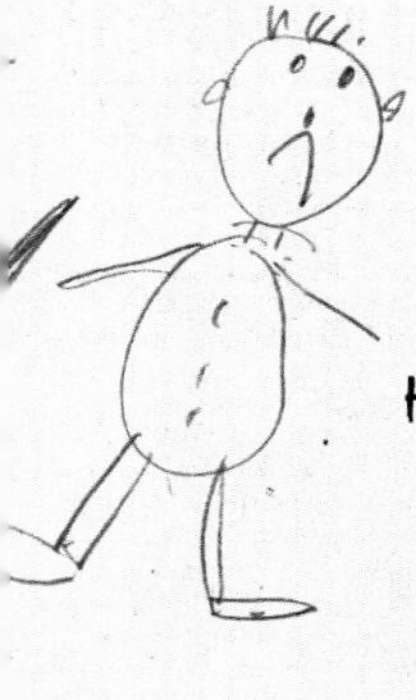

Hope mum doesn't miss it.

She'll go mad!

বুধবার সন্ধ্যে ৭.৪৭

আজ আমার জীবনের
সবচেয়ে খারাপ দিন!!

প্রথম – পি-ই ব্যাগ না নেওয়ার জন্য বকা খেলাম।
দ্বিতীয় – হোম্ ওয়ারক করতে পারিনি।
তৃতীয় – সেই মেয়েটা ছোট গেটের কাছে দাঁড়িয়ে
অপেক্ষা করছিল। আমার হাত মুচড়িয়ে পয়সা নিয়ে
নিল। তারপর সে আমার ব্যাগটা ছুঁড়ে কাদায় ফেলে।
চতুর্থ – সেই মেয়ে, আরও পয়সা চায়।
আর আমি দিতে পারব না। আম্মার ব্যাগ
থেকে কাল চুরিও করেছি।

কি যে করি তা ভেবে পাইনা।

ইস্ কেন যে আমার
জন্ম হয়েছে!

Wednesday evening 7.47

This has been the worst day of my life!!

1st – got told off cos I didn't have my PE things.
2nd – hadn't done my homework.
3rd – SHE was by the side gate – waiting.
She twisted my arm and took the money.
Threw my bag in the mud.
4th – SHE wants more.
I can't get more...
I've already stolen from mum.
I don't know what to do.

Wish I'd never been born!!

বৃহস্পতিবার সকাল ৮.১৫

আমি বিশ্বাসই করতে পারিনা যে আম্মা সব জেনে গেছেন!!

তিনি জানতে চাইলেন কেউ তার ৫ পাউন্ডটা দেখেছে কিনা। আমরা সকলেই না- না করলাম।
আর কিই বা বলা যায়?

আমার খুব খারাপ লাগছে। মিথ্যে কথা বলতে আমার একদম ভাল লাগেনা।

আম্মা বলেন যে তিনি আমায় স্কুলে নিয়ে যাবেন।
উফ্! অন্তত বাড়ি ফেরা পর্যন্ত শান্তি।

Thursday morning 8.15

I can't believe it. Mum's found out!!

She wanted to know if anybody
had seen her £5 note.
We all said no.
What else could I say?

I feel bad, really bad. I hate lying.
Mum said she's taking me to school. At least I'll be safe til home time.

On the way to school mum asked me if I took
the money.
She looked so sad.
I had thought of lying but seeing her face
I just couldn't.
I said yes and like a stupid idiot burst into tears.

Mum asked why?
And I told her about the girl and what she'd been
doing to me. I told her how scared I was.
I couldn't stop crying.
Mum held me and hugged me.

When I'd calmed down, she asked,
if there was anyone at school
I could talk to?
I shook my head.
She asked if I would
like her to talk to
my teacher.

বৃহস্পতিবার সন্ধ্যে ৬.৩০

স্কুলে যাওয়ার পথে আম্মা জিজ্ঞাসা করলেন যে আমি
ঐ পয়সা নিয়েছি কিনা। উনাকে খুবই দুঃখিত
দেখাচ্ছিল।
ভাবছিলাম মিথ্যে বলি কিন্তু উনার মুখের দিকে তাকিয়ে
আর বলতে পারলাম না। মাথা নেড়ে হ্যাঁ বললাম আর
বোকা-গাধার মত হাউ -হাউ করে কেঁদে ফেললাম।

আম্মা জানতে চাইলেন সব কিছু।
আমি তাকে ঐ মেয়েটার কথা বললাম।
বললাম যে সে আমাকে কিভাবে জ্বালাচ্ছে।
বললাম কেমন ভয়ে ভয়ে আমার দিন কাটছে।
আমি শুধু কাঁদতে থাকলাম।
আম্মা আমায় জড়িয়ে ধরলেন।

আমার কান্না একটু থামতে তিনি
বলেন যে স্কুলের কারুর সাথে
আলোচনা করবেন কিনা।
আমি মাথা নাড়লাম।
আমি চাইলে আম্মা
টিচারকেও বলতে
পারেন।

Friday morning 6.35

Dearest Diary

Still woke up real early but

I DIDN'T HAVE THAT DREAM!!

I feel a bit strange. Know she won't be in school - they suspended her for a week. What if she's outside?

My teacher said she did it to others - to Jess and Paul.

I thought she'd only picked on me.
But what happens if she's there?

সবচেয়ে প্রিয় ডাইরি

আজও খুব সকাল সকালে উঠে পরলাম।
ঐ স্বপ্ন কিন্তু আর আসেনি।
কেমন জানি লাগছে। জানি যে ঐ
মেয়েটা আর স্কুলে আসবে না। স্কুল
তাকে এক সপ্তাহের জন্য শাস্তি দিয়েছে -
সে স্কুলে আসবে না। কিন্তু যদি বাইরে
দাঁড়িয়ে অপেক্ষা করে?

আমার টিচার বলেন মেয়েটা নাকি
অনেককেই অমন করেছে - জেস্-কে
এবং পল-কে।

আমি ভাবলাম সে বুঝি শুধু আমাকেই
জ্বালায়। কিন্তু কি হবে যদি সে
আবার আসে?

শুক্রবার সন্ধ্যে ৮.৪৫

সেই মেয়ে সত্যিই সেখানে ছিল না!! এক ভদ্র মহিলার সাথে কথা বললাম। তিনি বলেন যে আমি উনার সাথে ইচ্ছে করলে যখন তখন কথা বলতে পারি। তিনি বলেন যে কেউ অমন জ্বালালে বা বুলি করলে কাউকে বলা উচিৎ। আমি স্যারা আর জেনিকে বললাম, স্যারা বলে আগের স্কুলে নাকি তারও অমন হয়েছিল। পয়সা নেয়নি তবে একটা ছেলে খুব জ্বালিয়েছে।

আমরা সকলে একে অপরকে সাহায্য করব, দেখাশুনা করব যাতে কেউ কাউকে বুলি না করে। সবই ঠিক হয়ে যাবে। বাড়িতে ফিরে দেখি আম্মা আমার প্রিয় খাবার রান্না করেছেন ডিনারে।

Friday evening 8.45

She really wasn't there!!!
I had a talk with a nice lady who said I could talk to
her at any time. She said that if anyone is bullying
you, you should try and tell somebody.
I told Sara and Jenny. Sara said it had happened to her
at her last school. Not the money bit but this boy kept
picking on her.

We're all going to look after each other at school so
that nobody else will get bullied. Maybe it'll be ok.
When I got home mum made my favourite dinner.

শনিবার সকাল ৮.৫০

প্রিয় ডাইরি

আজ স্কুল নেই। কোন বাজে স্বপ্নও আসেনি।

ইন্টারনেটে দেখি ঐ বুলিদের সম্বন্ধে অনেক খবরাখবর আছে।

আমি জানতামই না যে এরকম ঘটনা সব সময়ই হয় বা হতে পারে। এমনকি বড়দেরও হয়। মাছেদের মধ্যেও হয়। জানো, অনেক মাছেরা এই রকম বুলির অশান্তিতে মারাও যায়। বুলিরা জ্বালালে অনেক রকমের সাহায্যের ব্যবস্থা আছে – কিন্তু শুধু মানুষদের জন্য, মাছেদের জন্য না।

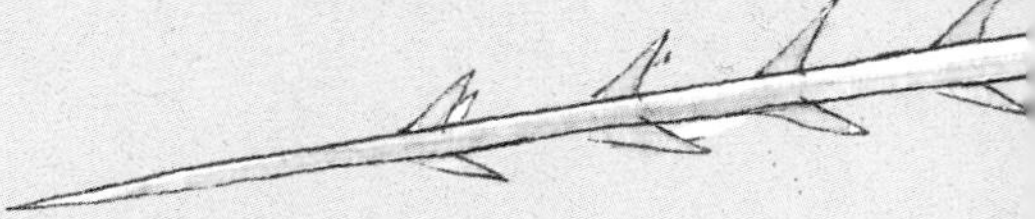

ইস্, আগে যদি জানতাম এই সব।

Saturday morning 8.50

Dear Diary
            No school!!   No bad dreams!!

Had a look on the net and there was loads about
bullying. I didn't think that it happened often but
it happens all the time!
Even to grown-ups and fishes. Did you know that
fishes can die from the stress of being bullied?
There are all kinds of helplines
and stuff like that
- for people, not fishes!!

I wish I'd known!

শনিবার
সন্ধ্যে ৯:০৫

আব্বা আমাকে আর স্যাম্‌কে সিনেমা দেখাতে নিয়ে
গিয়েছিলেন। দারুন মজার ছবি। খুব হাসলাম।

স্যাম্‌ বলে কেন আমি ওকে সব কথা আগে বলিনি।
"মেরে আমি ঐ মেয়ের মুখ ফাটিয়ে দিতাম," ও বলে।

"তাহলে তুমিও তো ওর মতই আর একটা বুলি হয়ে
যাবে!" আমি বললাম।

Saturday evening 9.05

Dad took me and Sam to see a film. It was really funny.
We had such a laugh.
Sam wanted to know why I never told him about what was going on.
"I would have smashed her face!" he said.
"That would just have made you a bully too!" I told him.

What Ellie found out about bullying:

If you are bullied by anyone in any way IT IS NOT YOUR FAULT!
NOBODY DESERVES TO BE BULLIED!
NOBODY ASKS TO BE BULLIED!

There are many ways in which somebody can be bullied.
Can you name the ways in which Ellie was bullied?
Here is a list of some of the ways children are bullied:
  - being teased
  - being called names
  - getting abusive messages on your mobile phone
  - getting hate mail either on email or by letter
  - being ignored or left out
  - having rumours or lies spread about you
  - being pushed, kicked, shoved or pulled about
  - being hit or punched or hurt physically in any way
  - having your bag or other belongings taken and thrown about
  - being forced to hand over money or your belongings
  - being attacked because of your race, religion or the way you speak or dress

Ellie found that it helped to keep a diary of what was happening to her.
It's a way of keeping a record of dates and times when things occurred.
It's also a way of not bottling everything up. It is important that you try
and tell somebody what is going on.
Maybe you could try talking to a friend who you trust.
Maybe you could try talking to your mum or dad, sister or brother.
Maybe there is a teacher at school who you feel comfortable talking to.
Most schools have an anti-bullying policy and may have somebody
(like the kind lady Ellie mentions in her diary) to talk to.

Here are some of the helplines
and websites that Ellie found:

Helplines:

CHILDLINE 0800 1111
KIDSCAPE 020 7730 3300
NSPCC 0808 800 5000

Websites:

In the UK:
www.bbc.co.uk/schools/bullying
www.bullying.co.uk
www.childline.org.uk
www.dfes.gov.uk/bullying
www.kidscape.org.uk/info

In Australia & New Zealand:
www.kidshelp.com.au
www.bullyingnoway.com.au
ww.nobully.org.nz

In the USA & Canada:
www.bullying.org
www.pta.org/bullying
www.stopbullyingnow.com

If you want to read more about bullying there are many excellent books
so just check your library or any good bookshop.

Books in the *Diary Series*:
Bereavement
Bullying
Divorce
Migration

A CIP catalogue record for this book is available
from the British Library

First published 2004 by Mantra Lingua
Global House, 303 Ballards Lane
London N12 8NP
www.mantralingua.com